SCYLLA,

TRAGEDIE,

REPRESENTÉE POUR LA PREMIERE FOIS
PAR L'ACADÉMIE ROYALE
DE MUSIQUE,

Le 16. Septembre 1701.

REPRISE

Le 1720.

Le [illegible] de q [illegible] ol

A PARIS,
Chez la Veuve de P. RIBOU, ſeul Libraire de l'Académie Royale de Muſique, Quai des Auguſtins, à la quatriéme Boutique en deſcendant du Pont-Neuf, à l'Image S. Loüis.

MDCCXX.

Avec Approbation & Privilege du Roi.

ACTEURS & ACTRICES CHANTANS dans tous les Chœurs du Prologue & de la Tragedie.

COSTE' DU ROI.	COSTE' DE LA REINE.
Mesdemoiselles	*Mesdemoiselles*
Constance.	Limbourg.
Fleury.	Millon.
Rubantel-L.	La Roche.
Rubantel-C.	Tettelette.
Saint Gerie.	Person.
Messieurs	*Messieurs*
Morand.	Corbie.
Alexandre.	Lemire-L.
Saint Martin.	Fossier.
Buzeau.	Dautrep.
Dezay.	Duchesne.
Corail.	Grenet.
Jacier.	

ACTEURS CHANTANS
DU PROLOGUE.

THETIS, Mlle Limbourg.
MARS, M. Dubourg.
UNE DRIADE, Mlle Constance.
UN FAUNE, M. Jassier.
Chœurs de Fleuves & de Dieux des Bois.

ACTEURS DANSANS
DU PROLOGUE.

TRITONS.

Monsieur Blondy.

Messieurs Dumoulin-L., Pierret, F-Dumoulin, P-Dumoulin, Javillier, Dezay.

Monsieur Marcel & Mademoiselle Menés.

NEREYDES.

Mesdemoiselles la Ferriere, Dupré, Corail, Lemaire, Deslille, Duval.

Dieux des Champs & des Bois, accoûrez à nos
sons;
Que l'Echo nous réponde:
Que le Maître du Monde
Daigne applaudir à nos Chansons.

Les Dieux des Champs & des Bois viennent à la voix de Thetis.

CHOEUR.

Descendez, Maître du Tonnerre,
De vos divins regards honorez nos Autels,
Venez faire voir sur la Terre
Le plus puissant des Immortels.

THETIS.

Mais, quel bruit éclattant ici se fait entendre;
Le Ciel s'ouvre, Mars va descendre.

SCENE II.

THETIS *& sa Suite*, MARS.

THETIS.

MArs, à nos chants vient-il joindre ses vœux?

MARS.

L'ordre de Jupiter, sur ces rives m'attire.
Ce Dieu pour consacrer vos Jeux,
Descendroit du celeste Empire;
Mais les Geans contre lui rassemblez
Cherchent à vanger leur outrage;
Le Dépit, la Fureur les a tous aveuglez.

THETIS.

Vain orguëil! impuissante rage!
Que pourront ces Audacieux?
De leurs malheurs passez perdent-ils la memoire?
Et le Maître de tous les Dieux
Ne l'est-il pas de la Victoire?

ENSEMBLE.

Tremblez, jaloux Titans, Jupiter va s'armer,
La foudre est prête à s'allumer:
La Terre tremble, le Ciel tonne;
Je voi pleuvoir sur vous un déluge de feux:
La Mer ouvre son sein affreux,
La mort par tout vous environne.
Quelle horreur! que de sang! quelle main vous poursuit!
Acheve, Dieu vangeur, rends ta gloire immortelle;
Leur odieux projet, leur audace rebelle,
Va tomber avec eux dans l'éternelle nuit.

THETIS.

Recommencez vos chants; que rien ne vous allarme;
Venez, Divinitez des Eaux:
Jupiter s'arme,
Préparez-lui des Triomphes nouveaux.

On danse.

UNE DIVINITÉ DES EAUX.

Au tendre Amour tout doit rendre les armes:
Quel bien nous peut donner une ennuyeuse Paix?

S'il faut aimer ses maux & ses allarmes,
Un cœur doit-il en redouter les charmes ?
Non, non, livrons-nous à ses traits.

THETIS ET MARS.

Que chacun en ces lieux joüisse
Des douceurs d'une heureuse Paix :
Que dans les fers la Discorde gemisse ;
Jupiter va combler vos plus ardents souhaits ;
Qu'il vainque, qu'il triomphe, & l'enchaîne à jamais.

CHOEUR.

Que chacun en ces lieux joüisse
Des douceurs d'une heureuse Paix :
Que dans les fers la Discorde gemisse ;
Jupiter va combler nos plus ardents souhaits ;
Qu'il vainque, qu'il triomphe, & l'enchaîne à jamais.

UNE DIVINITÉ DES EAUX.

Clairs Ruisseaux, coulez dans la plaine,
Soupirez, aimables Zéphirs :
Il n'est point de loi qui vous gêne,
L'innocence est de tous vos plaisirs ;
Et toujours, l'Amour qui vous mene,
Vous conduit, où tendent vos desirs.

On danse.

CHOEUR.

Que chacun en ces lieux joüiſſe
Des douceurs d'une heureuſe Paix :
Que dans les fers la Diſcorde gemiſſe ;
Jupiter va combler nos plus ardents ſouhaits :
Qu'il vainque, qu'il triomphe, & l'enchaîne à jamais.

Fin du Prologue.

ACTEURS CHANTANS
DE LA TRAGEDIE.

NISUS, *Roi de Mégare*, M. Lemire.
MINOS, *Roi de Crete*, M. Thevenard.
SCYLLA, *Fille de Nisus*, Mlle Antier.
CAPIS, *Reyne de Beotie*, Mlle Tulou.
DARDANUS, *Amant de Scylla*, Mr. Murayre.
ISMENE, *Magicienne, Confidente de Capis & Sœur d'Artemidor*, Mlle Lambert.
ARTEMIDOR, *Frere d'Ismene, Magicien*, M. Dubourg.
DORIS, *Confidente de Scylla*, Mlle Souris.
LA STATUE DE TIRESIE, M. Dun fils.
UN MAGICIEN, M. Dautrep.
UN CANDIOT, M. Duchesne.
UN MEGARIEN, le même.
UN PLAISIR, M. Dautrep.
UN MEGARIEN, M. Dun fils.
Premiere BERGERE, Mlle Constance.
Deuxiéme BERGERE, Mlle Tettelette.
Troupe de Mégariens.
Troupe de Candiots.
Troupe de Demons transformez en Plaisirs.
Troupe de Magiciens & de Demons.
Troupe de Bergers & de Bergeres.
Troupe de Megariens & de Candiots.

La Scene est à Mégare.

ACTEURS DANSANS DE LA TRAGEDIE.

ACTE PREMIER.

SUITE DE MINOS.

Meſſieurs Blondy & Marcel.
Meſſieurs Ferrand, Pierret, Laval.
Meſdemoiſelles Lemaire, Leroy, Corail.
Mademoiſelle Prevoſt.

SUITE DE NISUS.

Meſſieurs Dumoulin-L., Dezay, Guyot.
Meſdemoiſelles Dupré, la Ferriere, Deſlile.

ACTE SECOND.

ESPRITS TRANSFORMEZ EN PLAISIRS.

Meſſieurs P-Dumoulin, Layal, Dezay, Pierret, Guyot, Maltaire.
Meſdemoiſelles Menés, Dupré, Corail, Deſlile, Lemaire, Leroy.

ACTE TROISIÈME.

MAGICIENS.

Monſieur Dupré.
Meſſieurs Pierret, Dezay, Javiller, Marcel-C.
Meſſieurs P-Dumoulin, Laval; Maltaire, Guyot.

ACTE QUATRIÈME.

BERGERS.

Mademoiſelle Guyot.
Meſſieurs Dumoulin-L., Dupré, Pierret, Dezay, Maltaire, Guyot.

BERGERES.

Meſdemoiſelles Dupré, Deſllille, Corail, Lemaire, Mangot, Leroy,

PAYSAN.

Monſieur F. Dumoulin.

ACTE CINQUIÈME.

TROUPE DE MEGARIENS.

Monſieur D-Dumoulin.
Meſſieurs Ferrand, Javillier, Pierret, Dupré, Dezay, Marcel-C.
Meſdemoiſelles Lemaire, Leroy, Corail, Deſllille.

SCYLLA,

SCYLLA, TRAGEDIE.

ACTE PREMIER.

Le Théatre represente une Place entre la Ville de Megare & le Camp de Minos, qui assiége cette Ville.

SCENE PREMIERE.

SCYLLA.

QUel trouble ! quel chagrin, malgré moi me dévore !
L'Amour seul dans mon cœur veut se faire obéir ;

J'aime un Vainqueur cruel que je devrois haïr,
Et je cesse d'aimer un Amant qui m'adore.
Vainement je veux résister
Aux charmes d'une ardeur nouvelle,
Ah ! quand l'Amour s'obstine à nous persecuter.
Pourquoi la Raison donne-t'elle
Des Loix que la cruelle
Ne sçauroit faire executer ?

SCENE II.

SCYLLA, DORIS.

SCYLLA.

AH ! Doris, que viens-tu m'apprendre?

DORIS.

Un succès que la Tréve a dû nous faire attendre.
La Paix va réünir Minos avec le Roi.

SCYLLA.

La Paix!

DORIS.

D'où vient le trouble où je vous voi ?
Vous aimez Dardanus, tout flatte votre attente ;
Peut-être un doux Hymen va combler vos désirs.

SCYLLA.

Que plûtôt le trépas borne mes déplaisirs.

DORIS.

Qu'entens-je ?

SCYLLA.

Ah ! Dieux !

DORIS.

Votre trouble s'augmente!
Ne pourrai-je sçavoir d'où naissent vos soûpirs ?

SCYLLA.

Laisse-moi te cacher une cruelle flâme.

DORIS.

Dardanus en ces lieux auroit-il un Rival ?

SCYLLA.

Oserai-je à tes yeux montrer toute mon ame ?
Minos, ce fier Vainqueur, cet Ennemi fatal....
Doris, épargne-moi la honte de le dire;
Laisse-moi déguiser mes mortelles douleurs :
Je gémis, je me plains, mon triste cœur soûpire,
Et te découvre assez le sujet de mes pleurs.

DORIS.

Quoi ! l'Amour pour Minos vous fait verser des larmes ?

SCYLLA.

Tu te souviens du jour qu'un désir curieux
Me fit chercher à voir ce Heros glorieux;

SCYLLA,

J'allai ſur nos Remparts attaquez par ſes armes,
Je le vis; je ſentis de ſecrettes allarmes;
Et mon cœur trahi par mes yeux
Fut ſéduit malgré moi par d'agréables charmes.

Que de cruels tourmens l'Amour me fait ſouffrir!
Vainement je m'oppoſe à ſon pouvoir funeſte;
Je le combats en vain, tout le fruit qui me reſte,
C'eſt de connoître, hélas! que je n'en puis guerir.

DORIS.

Ah! rompez, s'il ſe peut, une fatale chaîne,
Fuyez un charme dangereux:
Vous ſouffrez des maux rigoureux;
Rien ne pourra ſoulager votre peine.
Ah! rompez, s'il ſe peut une fatale chaîne,
Fuyez un charme dangereux.

SCYLLA.

Dardanus vient. Ne puis-je éviter la préſence
D'un Amant que mon cœur ne trahit qu'à regret?
Cachons du moins mon inconſtance,
Et n'en rougiſſons qu'en ſecret.

SCENE III.

DARDANUS, SCYLLA, DORIS.

DARDANUS.

SCavez-vous, aimable Princeſſe,
Quels nouveaux ſujets d'allegreſſe
Doivent remplir tous nos ſouhaits?

SCYLLA.

Je ſçais qu'un doux repos va regner ſur la terre,
Que mon Pere & Minos vont terminer la guerre,
Et doivent ſe jurer une éternelle Paix.

DARDANUS.

Un deſtin plus charmant pour mon cœur ſe prépare;
Aujourd'hui le Roi ſe déclare:
Nous pouvons nous livrer à l'eſpoir le plus doux;
Son choix couronne enfin notre ardeur mutuelle,
Et de l'Amant le plus fidelle
Il fait le plus heureux Epoux.

SCYLLA.

O Ciel!

DARDANUS.

D'où vient cette ſurpriſe extrême?
Eſt-il un ſort plus doux que d'être à ce qu'on aime?

SCYLLA.

Capis, peut de Niſus rallumer les fureurs;
Minos, de cette Reine uſurpa la puiſſance,
Elle vint de la Guerre apporter les horreurs,
Et le Roi lui promit de prendre ſa défenſe.
La Paix...

DARDANUS.

Ne craignez point un foible & vain couroux:
Que pourroient en ces lieux & Capis & la Haine?
Notre Hymen ſe prépare, & la Paix eſt certaine;
Mon bonheur à preſent ne dépend que de vous.

SCYLLA.

Mon Pere eſt Fils de Mars, & ce Dieu redoutable
Le remplit en naiſſant d'une force indomptable,
Qu'à ſa Tête ſacrée il voulut attacher:
Le Fer, vous le ſçavez, n'y doit jamais toucher,
Et ce don précieux le rend inſurmontable.
Je ſçais que ſon deſtin eſt de vaincre toujours;
Mais tout eſt dangereux d'une main ennemie:
Voyons la Paix tout à fait affermie,
Differons notre Hymen du moins pour quelques jours.

DARDANUS.

Vous déguiſez en vain le trouble de votre ame:
Je vous ai vûë à mes yeux mille fois
De nos fiers Ennemis relever les Exploits;

Vous vantez leurs vertus, vous dédaignez ma flâme,
De Nisus en ce jour condamnez-vous le choix ?

SCYLLA.

Quels injustes soupçons me faites-vous connoître ?
Craignez ... Mais, c'est Capis que nous voyons paroître,
Le soin de l'éviter arrête mon couroux ;
Vos reproches me font une injure immortelle.

DARDANUS.

Je ne vous quitte point, cruelle,
Que vous n'ayez fait grace à mes transports jaloux.

SCENE IV.

CAPIS, ISMENE.

CAPIS.

QUel est mon desespoir ? sort cruel ! sort babare !
Trahie, abandonnée, en proye à mes douleurs,
Nisus contre-moi se déclare ;
Une odieuse Paix en ces lieux se prépare,
On méprise mes cris, on dédaigne mes pleurs !
Dieux, qui fûtes témoins des sermens d'un parjure,
Qui jura devant vous de soûtenir mes droits ;
Allumez votre foudre, & vangez à la fois,
Et vos Autels & mon Injure.

ISMENE.

Calmez des tranſports impuiſſants:
Renfermez les projets d'une juſte vangeance,
Ils en éclatteront avec plus de puiſſance.

CAPIS.

Ah! rien n'eſt comparable aux tranſports que je
ſens.
Appren mes déplaiſirs, Iſmene:
Moins ſenſible aux ennuis dont tu connois le cours,
Ma fierté m'aideroit à ſoûtenir ma peine;
Mais l'Amour m'aſſervit ſous une dure chaîne;
Dardanus a troublé le repos de mes jours,
Il épouſe Scylla, ſi la Paix eſt certaine:
Voi quel ſort funeſte m'entraîne,
Voi tous les malheurs où je cours.

ISMENE.

Le même ſang nous donna la naiſſance:
Les Cieux & les Enfers à mon Art ſont ſoumis;
De mes charmes ſecrets j'employrai la puiſſance,
Pour ſemer la terreur parmi vos Ennemis:
Je ſuſpendrai cette Paix ſi funeſte;
L'Amour pourra faire le reſte:
Allez, je voi Niſus; fiez-vous à ma foi.

CAPIS.

A cacher mes douleurs je me ſuis trop contrainte.

ISMENE.

ISMENE.

Epargnez-vous une inutile plainte,
Et de votre destin reposez-vous sur moi.

SCENE V.

NISUS, TROUPE DE MEGARIENS, MINOS, TROUPE DE CANDIOTS.

NISUS.

Celebrez en ces lieux une Fête nouvelle,
Faites retentir l'air de vos chants les plus doux;
La Paix en ce beau jour rappelle
Les Plaisirs que la Guerre a bannis loin de vous.

CHOEUR.

Celebrons en ces lieux une Fête nouvelle,
Faisons retentir l'air de nos chants les plus doux;
La Paix en ce beau jour rappelle
Les Plaisirs que la Guerre a bannis loin de nous.

On danse.

MINOS.

Que la Fureur, la Discorde, & la Haine,
Soient mises par nous à la chaîne;
Après tant de troubles divers,
Qu'un calme heureux regne dans l'Univers.

CHOEUR.

Que la Fureur, la Discorde, & la Haine,
Soient mises par nous à la chaîne ;
Après tant de troubles divers,
Qu'un calme heureux regne dans l'Univers.

On danse.

UN MEGARIEN & UN CANDIOT.

Charmante Paix, rempli notre esperance,
Descens des Cieux, vien regner ici bas.

CHOEUR.

Charmante Paix, &c.

UN MEGARIEN.

Mene avec toi les Jeux & l'Abondance,
Que les Amours y volent sur tes pas.

CHOEUR.

Charmante Paix, &c.

UN CANDIOT.

Fini nos plaintes,
Banni nos craintes ;
Les plus beaux jours sans toi n'ont point d'appas :
Que ta presence
Nous recompense
Des maux que Mars a faits dans ces climats.

On danſe, & on reprend le Chœur.

Celebrons en ces lieux, &c.

MINOS & NISUS.

Dieux immortels, qui regnez ſur les Rois,
Vous qui les protegez, & vangez leurs Injures;
Dieux, qui puniſſez les Parjures,
Daignez écouter notre voix.
Approuvez le Serment que nous allons vous faire,
De rendre à ces lieux pour jamais
Les douceurs d'une heureuſe Paix.

On entend gronder le Tonnerre.

Nous jurons..... Mais, ô Ciel! quel éclat de Tonnerre!
La terre ſe dérobe & frémit ſous nos pas:
Dieux, nous défendez-vous de finir une Guerre
Qui depuis ſi longtems déſole nos climats?
Allons les conſulter ſans tarder davantage:
Puiſſent-ils en ce jour pour combler nos ſouhaits,
Déſavoüer ce ſiniſtre preſage,
Et donner à nos vœux une profonde Paix.

Fin du premier Acte.

ACTE SECOND.

Le Théatre represente le Palais de NISUS.

SCENE PREMIERE.

SCYLLA.

Vain espoir, qui trompez un cœur credule & tendre,
Cessez de flatter ma langueur:
En vain vous voulez me surprendre,
Mon amour n'a rien à prétendre;
Je dois fuir pour jamais un trop charmant Vainqueur.

Vain espoir, qui trompez un cœur credule & tendre,
Pourquoi me forcer à me rendre?
Rien ne peut de mon sort adoucir la rigueur.

Vain eſpoir,qui trompez un cœur credule & tendre,
Ceſſez de flatter ma langueur.

SCENE II.

MINOS, SCYLLA.

MINOS.

PRinceſſe, quel ſujet dans ces lieux vous arrête ?
Le Peuple court en foule au Temple de Pallas.

SCYLLA.

Mon Pere doit s'y rendre & j'y ſuivrai ſes pas.

MINOS.

Si la Paix eſt le prix de cette auguſte Fête,
Que votre ſort aura d'appas !
Un Heros vous plaît, il vous aime ;
L'Hymenée & l'Amour vont l'offrir à vos vœux :
Que votre bonheur eſt extrême !
Et que Dardanus eſt heureux !

SCYLLA.

L'Amour n'a pû ſur vous remporter la victoire ;
Vous ignorez ſes maux, vous fuyez ſes douceurs,
Et votre cœur ne permet qu'à la gloire
De l'enflâmer de ſes ardeurs.

Que votre ſort paroît digne d'envie!
Rien ne trouble la paix de votre illuſtre vie,
Tout cede à vos faits éclatants;
Du Dieu qui fait aimer vous bravez la puiſſance:
Hélas! les Cœurs ſoumis à ſon obéiſſance,
Quand ils ſemblent les plus contents,
Souvent voudroient joüir de votre indifférence.

MINOS.

Des troubles amoureux j'ai craint d'être agité;
Heureux ſi toujours invincible,
Ce cœur que l'on croit inſenſible
Avoit pû juſqu'ici garder ſa liberté.

SCYLLA.

Que dites-vous?

MINOS.

Hélas! adorable Princeſſe,
Si j'oſois découvrir la douleur qui me preſſe,
Si mon cœur à vos yeux ſe montroit en ce jour,
Vous ne m'accuſeriez que d'avoir trop d'amour.

SCYLLA.

Qu'entens-je?

MINOS.

Qu'ai-je dit? Malheureux! je m'égare:
Malgré moi mon amour à vos yeux ſe déclare.

Dans quels mortels chagrins vais-je encor me plonger!
Mais il n'eſt plus tems de me taire,
Vous ſeule avez pû m'engager.
Déja pour me punir d'un aveu temeraire
Dans vos regards diſtraits je lis votre colere.
Ah! par de fiers mépris n'allez pas m'outrager;
Je vous perds, tout me deſeſpere:
Ma mort prendra bientôt le ſoin de vous vanger.

SCYLLA.

Ah! Prince....

MINOS.

Votre haine eſt pour moi trop terrible,
La mort ſeule....

SCYLLA.

Vivez: ne quittez point ces lieux.

MINOS.

Verrai-je Dardanus triompher à mes yeux?
Que deviendrai-je à ce ſpectacle horrible?

Que le triomphe d'un Rival,
Fait naître de dépit, de haine & de colere!
Non, aux cœurs que l'on deſeſpere,
Le trépas ſemble moins fatal
Que le triomphe d'un Rival.

SCYLLA.

Hélas !

MINOS.

Vous ſoupirez ! vos yeux verſent des larmes !

SCYLLA.

De quoi vous peut ſervir le déſordre où je ſuis ?

MINOS.

Que, ſi j'oſois, j'y trouverois de charmes !

SCYLLA.

Que vous m'allez livrer à de cruels ennuis !

MINOS.

Quoi ? voulez-vous encor me cacher vos allarmes ?

SCYLLA.

Je devrois le vouloir ; mais, hélas ! je ne puis.

ENSEMBLE.

Un cœur ſenſible,
Feint vainement d'être paiſible,
Quand l'Amour à ſes Loix le contraint d'obéïr,
Les ſoupirs, les regards, tout conſpire à trahir
Un cœur ſenſible.

MINOS.

Vous m'aimez ! il ſuffit : qu'ai-je à craindre du ſort ?
Niſus à nos deſirs ne ſera point contraire.

SCYLLA.

On vient. Diſſimulez : j'obtendrai qu'il differe
Un Hymen à mes yeux plus cruel que la mort.

SCENE III.

SCENE III.

CAPIS, ISMENE.

CAPIS.

Scylla nous fuit; Minos est avec elle;
Tu sçais que Dardanus se plaint de sa rigueur:
Ah! si l'Amour la rendoit infidelle....
Mais, que dis-je! quel feu s'allume dans mon cœur!

Qu'il est aisé de se laisser surprendre
Quand on aime bien tendrement!
D'un vain espoir je cherche à me défendre;
Je vois que je ne puis adoucir mon tourment:
Mais, malgré tous les maux à quoi je dois m'attendre,
J'éprouve en ce fatal moment
Qu'il est aisé de se laisser surprendre,
Quand on aime bien tendrement.

ISMENE.

L'Amour, malgré nos soins, nous soumet à ses charmes:

Par l'eſpoir des plaiſirs il ſçait l'art de dompter ;
A de ſi douces armes
Qui pourroit réſiſter ?

CAPIS.

Cédons, puiſqu'il le faut, à l'ardeur qui me preſſe :
Mais une juſte crainte allarme ma tendreſſe ;
Les deux Rois vont ſe rendre au Temple de Pallas ;
La Paix....

ISMENE.

J'ai pris le ſoin de gagner la Prêtreſſe,
Et les Dieux par ſa voix ne vous trahiront pas.

CAPIS.

Acheve donc, Iſmene, il faut tout entreprendre.
Artemidor ton frere a pris ſoin de t'apprendre
L'art qui vous ſoumet les Enfers.
Epargnez-moi l'affront de déclarer moi-même
Aux yeux de ce que j'aime,
Que l'Amour m'a miſe en ſes fers.
Conjurez, employez l'infernale puiſſance ;
Par un moyen nouveau déclarez mes amours,
Et pour le prix de ce dernier ſecours,
Attendez tout de ma reconnoiſſance.

ISMENE.

Fiez-vous à notre pouvoir ;
Nos ſoins finiront vos allarmes ;
Pour vous en aſſûrer, je vais vous faire voir
Quelle eſt la force de nos charmes.

Vous que ma voix contraint de quitter les Enfers,
Eſprits, ſoumis aux loix de mon Art redoutable ;
Démons de la Terre & des Airs,
Venez ſous une forme aimable
Charmer un cœur qu'un noir chagrin accable,
Et lui faire oublier les maux qu'il a ſoufferts.

SCENE IV.

CAPIS, ISMENE, *Troupe de Démons transformez en Plaiſirs.*

On danſe.

UN DEMON *transformé en Plaiſir.*

JEunes Beautez, profitez du bel âge,
Suivez le doux penchant de vos cœurs amoureux.

CHOEUR.

Jeunes Beautez, profitez du bel âge,
Suivez le doux penchant de vos cœurs amoureux.

UN DEMON *transformé en Plaisir.*

Rendez-vous, formez de doux nœuds;
Que servent les beaux jours, si l'on n'en fait usage?
Qui fuit un aimable esclavage
S'éloigne du seul bien qui peut le rendre heureux.
Jeunes Beautez, profitez du bel âge,
Suivez le doux penchant de vos cœurs amoureux.

CHOEUR.

Jeunes Beautez, profitez du bel âge,
Suivez le doux penchant de vos cœurs amoureux.

UN PLAISIR.

Per vincer pugnando,
Di straleo di brando,
Non è d'huopo il braccio armar:
Che il piu sicuro dardo
Col vostro dolce sguardo
Che sempré sa triomfar.
Per vincer, &c.

On danse.

ISMENE.

Chaſſez, de votre cœur, la triſteſſe mortelle,
Eſperez de goûter une profonde paix.

CAPIS.

Quel vain eſpoir, hélas ! peut flater mes ſouhaits ?
Si Dardanus pour moi conſent d'être infidele,
Qui pourra m'aſſûrer qu'une flâme nouvelle
Ne le dérobe un jour à mes foibles attraits ?

ISMENE.

S'il forme enfin les nœuds d'une chaîne ſi belle,
Pourra-t'il les briſer jamais ?

Fin du ſecond Acte.

ACTE TROISIÉME.

Le Théatre represente un Parc.

SCENE PREMIERE.

CAPIS, ARTEMIDOR, ISMENE.

ISMENE.

'Où vient ce noir chagrin ? quel ſujet vous allarme ?

CAPIS.

Mon cœur, à Dardanus, craint de ſe découvrir.

ISMENE.

Eſt-il un cœur que l'amour ne déſarme,
Lorſque vous voudrez l'attendrir ?

ARTEMIDOR.

Eſperez par notre Art un ſuccès favorable.

CAPIS.

Vous flattez vainement la douleur qui m'accable.
C'est peu que par vos soins mon superbe Vainqueur
Partage à mes yeux la langueur,
Où malgré mes efforts, mon ame s'abandonne;
Rien ne peut de mon sort adoucir la rigueur,
Si l'Amour même ne me donne
Les droits que j'aurai sur son cœur.

ISMENE & ARTEMIDOR.

Pour rendre un cœur fidele & tendre,
Quel besoin avez-vous d'emprunter du secours ?
De vos divins attraits qui pourroit se défendre ?
Vos charmes suffiront toujours
Pour rendre un cœur fidele & tendre.

CAPIS.

Dardanus paroît en ces lieux;
Sortons; allons cacher ma crainte & mes allarmes.

ISMENE & ARTEMIDOR.

Rassurez-vous sur l'effort de nos charmes,
Et plus encor sur ceux de vos beaux yeux.

ARTEMIDOR.

Une vive douleur sur son visage est peinte.

ISMENE.

Il soûpire: écoutons le sujet de sa plainte.

SCENE II.

DARDANUS.

PAisible ennemis du jour,
Arbres épais, Retraites ſombres,
Cachez dans l'horreur de vos ombres
Mon deſeſpoir & mon amour.
Une indifferente cruelle
Fait naître ma douleur mortelle;
Je voi ce que j'adore inſenſible à mes feux,
Et mon cœur trop conſtant, en ceſſant d'être heureux,
Ne peut ceſſer d'être fidele.

SCENE III.

DARDANUS, ARTEMIDOR, ISMENE.

ARTEMIDOR.

Vous vous plaignez ici de l'amoureuſe loi.

ISMENE.

L'Amour vous fait gémir ſous ſon funeſte empire.

ARTEMIDOR.

Quelle eſt cette Beauté qui vous manque de foi?

ISMENE.

Peut-être pourrons-nous charmer votre martyre.

ARTEMIDOR & ISMENE.

Vous connoiſſez notre pouvoir;
Il n'eſt rien, à nos loix, que notre Art ne ſoumette:
Mais le plus doux emploi que nous puiſſions avoir,
C'eſt de calmer un cœur que l'Amour inquiette.

DARDANUS.

D'un tendre engagement je goûtois la douceur:
Tout ſembloit aſſûrer le bonheur de ma vie;
Cette felicité pour jamais m'eſt ravie:

L'inhumaine Scylla me cache mon malheur;
Mais, je ne vois que trop ſon injuſte froideur,
Et malgré le dépit dont mon ame eſt ſaiſie,
J'éprouve que ma jalouſie
Ne fait qu'augmenter mon ardeur.

ISMENE.

Oubliez une Ingratte, indigne de vous plaire;
Banniſſez-en le cruel ſouvenir,
Votre mépris ſçaura mieux la punir
Que ne feroit votre colere.

ARTEMIDOR.

Ne ſçauriez-vous vous dégager,
Et rompre vos liens, ou changer d'eſclavage?
Un fidele Amant qu'on outrage
Par ſes mépris peut outrager
Une Maîtreſſe trop volage:
Mais le plus ſage,
Pour ſe vanger,
Cherche à changer.

ISMENE.

Pourquoi vous obſtiner dans votre inquiétude?
Peut-être que Scylla mépriſe vos ſoupirs;
Peut-être auſſi ſenſible à vos deſirs,
L'accuſez-vous à tort d'ingratitude.
N'oſez-vous éclaircir ce doute injurieux?

DARDANUS.

Que je crains de ſortir de mon incertitude !

ISMENE.

Tireſie autrefois éclairé par les Dieux
Du douteux avenir rompit le voile ſombre ;
De l'Empire Infernal faiſons ſortir ſon Ombre ;
Qu'elle faſſe éclatter votre ſort à vos yeux.

DARDANUS.

Que ne devrois-je point . . .

ARTEMIDOR.

Que rien ne vous étonne.

DARDANUS.

Il n'eſt point de péril que je n'oſe braver :
Si je me voi trahi, ſi l'eſpoir m'abandonne,
Quel malheur plus affreux pourroit-il m'arriver ?

ARTEMIDOR.

Que tout change à ma voix dans ces lieux ſolitaires.

Le Théatre change & repreſente un Mauſolée magnifique. La Statuë de Tireſie eſt couchée ſur ſon Tombeau.

O vous, qui préſidez à nos ſacrez myſteres,
Vous qui faites ſortir les Morts des Monumens,

Déesse de la nuit, Cahos, Erebe, Hecate,
Que pour nous en ce jour votre pouvoir éclatte;
Donnez la force à nos Enchantemens.

ISMENE.

On nous entend dans la nuit infernale;
Un bruit sourd me répond du succès de nos soins.
Vous de qui la puissance à la nôtre est égale,
Venez de notre zele être ici les témoins.

SCENE IV.

DARDANUS, ARTEMIDOR, ISMENE,
Troupe de Magiciens.

ARTEMIDOR.

A La clarté du jour hâtez-vous de paroître;
Venez, Démons, venez redoubler nos efforts;
Par le Dieu des Enfers, par votre auguste Maître,
Accourez, & sortez de l'Empire des Morts.

Les Démons obéïssent.

CHOEUR.

Le Tartare s'ouvre,
Le Styx se découvre;

Le Phlegeton retentit de nos voix;
L'horrible Tenare,
La Mort barbare,
Pluton, lui-même, obéit à nos loix;
Que la nuit s'étende
Sur l'Univers :
Qu'Hecate descende
Pour nous aux Enfers.

ARTEMIDOR.

Par nos chants, nos respects, honorons les Enfers;
Redoublons à l'envi l'ardeur qui nous rassemble.

CHOEUR.

Le jour pâlit, la terre tremble,
La foudre gronde dans les airs;
La clarté du Soleil cede au feu des éclairs.

DARDANUS.

Que vais-je apprendre? ô Dieux!

ISMENE.

Conservez l'esperance.

ARTEMIDOR.

Gardons tous un profond silence.

LA STATUE DE TIRESIE.

Sans vouloir pénétrer dans les Arrêts du Sort,
Songe à rompre les nœuds d'une chaîne cruelle;
Tu dois faire un heureux effort,
Et quitter pour jamais une Amante infidelle.

Capis t'offre un destin tranquile & plein d'appas :
Que de maux, si ton cœur trahit son esperance !
J'en ai trop dit, le Ciel m'impose le silence,
Et je dois retomber dans la nuit du trépas.

SCENE V.

DARDANUS, CAPIS.

DARDANUS.

O Ciel !

CAPIS *à part.*

Calmons le trouble de son ame.

DARDANUS.

Qu'ai-je entendu ? quel coup pour ma fatale flâme !

CAPIS.

Je sçais quel embarras agite votre cœur ;
L'Oracle a lieu de vous surprendre :
L'Infidelle Scylla méprise votre ardeur ;
Un autre Objet plus empressé, plus tendre,
Voudroit de votre sort adoucir la rigueur,
Et vous le connoissez, je ne puis m'en défendre.

DARDANUS *à part.*

Scylla m'est infidelle ! ô comble de malheurs !

Toute eſperance m'eſt ravie,
Et je reſpire encor ! & mes vives douleurs
Ne m'ont pas arraché la vie !

CAPIS *à part.*

L'Ingrat ! écoute-il ſeulement mon amour !

DARDANUS.

Mourons ; c'eſt trop ſouffrir la lumiere du jour ;
Je ne puis ſoûtenir mes mortelles allarmes :
Aux pieds de l'Infidelle allons finir mon ſort,
Peut-être au moins que par ma mort
Je pourrai mériter ſes larmes.

SCENE VI.

CAPIS *ſeule.*

C'Eſt donc là tout le fruit de mes ſoins empreſſez !
Vainement à ſes yeux j'ai peint Scylla volage ;
Il l'adore, il me fuit : cédons à cet outrage,
Son ſilence m'en dit aſſez.

Haine, dépit, rage, vangeance,
Je veux ſuivre aujourd'hui vos plus barbares loix ;
Mes maux & mes fureurs m'agitent à la fois,
Et je céde à leur violence.
Haine, dépit, rage, vangeance,
Je veux ſuivre aujourd'hui vos plus barbares loix.
Amour, je n'entends plus ta voix ;
Aſſez de tes malheurs j'ai fait l'experience,
Il faut en me vangeant d'un Ingrat qui m'offenſe,
Moi-même me punir de mon funeſte choix.
Haine, dépit, rage, vangeance,
Je veux ſuivre aujourd'hui vos plus barbares loix.

Fin du troiſiéme Acte.

ACTE IV.

ACTE QUATRIÉME.

Le Théatre represente un Bois.

SCENE PREMIERE.

CAPIS *seule.*

Bois écartez, séjour d'une horreur éternelle,
Cachez ma honte & mes douleurs.
J'implore le secours de la haine cruelle;
Mais c'est en vain que je l'appelle:
Eclattez mes soupirs, & vous, coulez, mes pleurs.
Bois écartez, séjour d'une horreur éternelle,
Cachez ma honte, & mes douleurs.
Mon cœur succombe à sa peine mortelle,

Et je ſens que dans mes malheurs
Mon amour prend une force nouvelle.
Bois écartez, ſéjour d'une horreur éternelle,
Cachez ma honte & mes douleurs.

SCENE II.

CAPIS, ARTEMIDOR.

CAPIS.

ENfin, quel ſecours dois-je attendre?
Minerve ordonne-telle ou la Guerre ou la Paix?

ARTEMIDOR.

Le Ciel ne s'eſt point fait entendre;
Mais le Roi va bientôt traverſer vos ſouhaits.
Par ſon ordre déja tout le Peuple s'apprête
A publier la Paix par des cris éclattans,
Et des Hameaux voiſins, les divers habitans
Vont bientôt en ces lieux en celebrer la fête.

CAPIS.

Ainſi donc, Dardanus, ſatisfait de ſon ſort,
Va voir l'Hymen couronner ſa tendreſſe!
Ah! de mon deſeſpoir je ne ſuis plus maîtreſſe,

De ma juste fureur secondez le transport:
Répondez à mon esperance;
Hâtez-vous, hâtez-vous de servir ma vangeance.

ENSEMBLE.

Que le fer, que la flâme
Desolent ces Climats;
Suivez / Suivons } le desespoir qui regne dans { mon / votre } ame.
Portez / Portons } par tout l'effroi, la terreur, le trépas.

ARTEMIDOR.

Discorde affreuse, & vous, barbares Eumenides,
Venez-vous signaler par des forfaits nouveaux;
Irritez vos Serpens, rallumez vos Flambeaux,
Inspirez à Nisus vos fureurs homicides:
Volez, ravagez ses Etats,
Faites regner par tout le Démon des combats.

à Capis.

Nisus ne vous est point contraire:
Mais j'entens d'aimables concerts.

CAPIS.

Ah! ces Jeux odieux redoublent ma colere.

ARTEMIDOR.

Allez trouver le Roi; tous les momens sont chers:
Laissez à ces Bergers un bien imaginaire.

SCENE III.

SCYLLA, *Troupe de Bergers & de Bergeres.*

CHOEUR.

LA Paix va paroître ici-bas,
Mortels, empressez-vous de goûter ses appas.

On danse.

DEUX BERGERS.

Dans ce lieu solitaire & tranquile
Les Plaisirs suivent toujours nos pas:
Des grandeurs l'éclat inutile,
N'a pour nous que de faux appas.

On danse.

Les soupçons & les peines cruelles
De nos Bois ne troublent point la Paix:
Nos Bergers y sont tous fideles,
Et nos cœurs ne changent jamais.

On danse.

UNE BERGERE.

Suivons l'ardeur
Que le tendre Amour nous inspire,
Le parfait bonheur
Est d'engager son cœur.

Lorſqu'un Amant
Eſt malheureux ſous ſon Empire,
Un ſeul moment
Peut finir ſon tourment.

CHOEUR.

La Paix va paroître ici-bas,
Mortels, empreſſez-vous de goûter ſes appas.

SCYLLA.

C'eſt trop vous arrêter dans ces ſombres boccages;
Quittez, Bergers, quittez ces lieux ſauvages,
Et dans les hameaux d'alentour
Publiez de la Paix le bienheureux retour.

SCENE IV.

SCYLLA *ſeule.*

ENfin, un doux eſpoir de mon ame s'empare;
C'eſt dans cet heureux moment
Que l'ardeur de mon Amant,
Aux yeux du Roi ſe déclare.

Amour, tu m'as porté les plus ſenſibles coups;
J'ai ſoupiré, j'ai langui dans tes chaînes:
Mais, ſi mes maux ont calmé ton couroux,
Je ne me plains pas de mes peines.

SCENE V.

MINOS, SCYLLA.

SCYLLA.

Nous est-il permis d'esperer ?
Croirai-je que le Roi mon Pere,
Autorise l'ardeur sincere
Que dans ces lieux nous venons nous jurer ?
Vous vous troublez ! que vois-je ?

MINOS.

O sort barbare !
Un destin cruel nous sépare.

SCYLLA.

Qu'entens-je ? je frémis !

MINOS.

Tout espoir m'est ôté :
Je ne dois plus vous voir, adorable Princesse ;
Les Dieux jaloux de ma felicité
Ont égalé leur cruauté
A l'excès de notre tendresse.

SCYLLA.

Qui peut vous obliger, Ingrat, à me trahir ?
Mon desespoir à-t'il pour vous des charmes ?

MINOS.

Mon cœur à ſon devoir eſt contraint d'obéïr,
Votre Pere a repris les Armes :
Le Ciel défend la Paix, je dois quitter ces lieux,
Capis a de Niſus renouvellé la haine.

SCYLLA.

Reine barbare !

MINOS.

Injuſtes Dieux !

SCYLLA.

Dures Loix !

MINOS.

Fortune inhumaine !
Je ne verrai plus vos beaux yeux !
Dans quels malheurs cruels mon triſte ſort m'entraîne.

SCYLLA.

Vous me quittez !

MINOS.

Je cours chercher un prompt trépas.

SCYLLA.

Ah ! vivez.

MINOS.

Quand les Dieux, pour prolonger ma peine,
Voudroient me conſerver au milieu des combats,
Ma mort n'eſt-elle pas certaine
Aux lieux où vous ne ſerez pas ?

ENSEMBLE.

Pourquoi contre un amour si tendre
Le Ciel s'est-il armé d'un injuste couroux?
Ce Dieu cruel n'at-il sçu nous surprendre
Que pour nous accabler de ses plus rudes coups?
Quels tourmens sont égaux à nos peines mortelles!
Tous nos soupirs sont superflus:
Nous ressentons en vain des peines mutuelles.

SCYLLA.

Minos, nous ne nous verrons plus.

MINOS.

Quel sort pour deux Amants fideles!

ENSEMBLE.

Si l'Amour ne pouvoit répondre à nos souhaits,
Pourquoi nous flatoit-il d'une esperance vaine?
Ou, pourquoi, lorsqu'il nous enchaîne,
Faut-il que le devoir nous sépare à jamais?

SCENE VI.

SCYLLA, DORIS.

SCYLLA.

VOus partez, cher Amant, & je ne puis vous
ſuivre !
Dans quels périls mortels allez-vous vous jetter !
Doris, il va périr; rien ne peut l'arrêter.
Non, non, Minos, Scylla ne veut pas te ſurvivre.
Où me réduiſez-vous, impitoyables Dieux ?
Aux armes de Niſus il n'eſt rien d'impoſſible;
Vous avez attaché ſur ſon chef glorieux
Une vertu qui le rend invincible.
Où vas tu cher Amant, ta perte eſt infaillible;
Mais, non; je puis te ſecourir.
Je puis... Que dis-je ? miſerable !

DORIS.

Aux yeux de Dardanus, craignez de vous offrir.

SCYLLA.

Cachons le tourment qui m'accable.
Helas ! dans mon ſort déplorable,
Je ne dois chercher qu'à mourir.

Fin du quatriéme Acte.

ACTE CINQUIÉME.

Le Théatre represente une Place d'Armes de la Ville de Megare.

SCENE PREMIERE.

SCYLLA *seule.*

OU vais-je ? qu'ai-je fait ! quel forfait odieux !
O Ciel ! se peut-il que ta foudre
Ne me réduise pas en poudre ?
Quel horrible attentat ! quel transport furieux !

O nuit ! cache mon crime à toute la nature,
Que jamais le Soleil ne renaisse pour moi :

Mes regards ſoüilleroient ſa clarté vive & pure:
Pour les jours de Minos, le cœur ſaiſi d'effroi,
J'ai trahi mon Pere & mon Roi:
Tandis que le ſommeil le rendoit inſenſible,
J'ai coupé ce cheveu terrible,
Où les Dieux avoient mis le bonheur de ſon ſort:
Malheureuſe! s'il meurt, quel parricide horrible!
Quel ſuplice pourra me laver de ſa mort!

CHOEUR *derriere le Théatre.*

Chantons, celebrons la puiſſance
D'un Roi toujours victorieux.

SCYLLA.

Mais, quels chants de réjoüiſſance
Se font entendre dans ces lieux!

CHOEUR.

Chantons, &c.

SCYLLA.

O Ciel! le Peuple qui s'avance
M'apprend qu'un ſuccès glorieux
Vient de remplir ſon eſperance.
Minos eſt vaincu; juſtes Dieux!
S'il m'eſt permis d'attendre encor votre aſſiſtance,
Secourez ce Heros, protegez nos liens,
Et conſervez ſes jours, ou terminez les miens.

SCENE II.

TROUPE DE MEGARIENS.

CHOEUR.

CHantons, celebrons la puiſſance
D'un Roi toujours victorieux.

UN MEGARIEN.

Nos Ennemis confus ont fui devant nos yeux ;
Ils n'ont pû de Niſus ſoûtenir la préſence.

CHOEUR.

Chantons, &c.

On danſe.

DEUX MEGARIENS.

La Victoire a ramené la Paix,
Ce ſéjour reprendra ſes attraits,
Et jamais nos cœurs n'auront à craindre
Bellone & ſes traits.
Que l'Amour préſide à tous nos jeux,
Formons tous de doux nœuds :
Un cœur peut-il ſe plaindre
De ſentir ſes feux ?

Loin qu'il ſoit rigoureux,
Il ne veut nous contraindre
Qu'à nous rendre heureux.

SCENE III.

DORIS, TROUPE DE MEGARIENS.

DORIS.

FInissez vos Concerts ; le ſort impitoyable
D'un coup affreux aujourd'hui vous accable ;
Niſus vient de trouver un funeſte trépas.

CHOEUR.

Cruel deſtin ! ô perte irreparable !

DORIS.

L'Ennemi n'avoit feint de quitter nos Etats,
Que pour nous tendre un piége inévitable.
Fuyons ſa colere implacable.

SCENE IV.

MINOS, DORIS, *Troupe de Megariens, Troupe de Candiots de la ſuite de Minos.*

MINOS.

CEſſez de fuir, Peuples, raſſûrez-vous;
J'ai pitié de votre foibleſſe:
Votre malheur deſarme mon couroux:
Mais, Doris, que fait la Princeſſe?

DORIS.

Que vous cauſez de maux dans ces triſtes Climats!
Niſus expire aux yeux de ſon Armée:
La mort de Dardanus en ces lieux confirmée,
Capis vient de ſon propre bras
De finir une vie aux pleurs accoutumée;
Et la Princeſſe éperduë, allarmée,
Eſt peut-être à preſent aux portes du Trépas.

MINOS.

Sauvons les jours de tout ce que j'adore.
Allons.

SCENE DERNIERE.

MINOS, SCYLLA, DORIS, *Troupe de Megariens, & de Candiots.*

MINOS.

M'Est-il permis de vous parler encore?
N'accusez de vos maux que la rigueur du sort.
Si Nisus en est la Victime,
Ma Victoire fait tout mon crime.
Faut-il m'en punir par ma mort?

SCYLLA.

Aimez moins une Criminelle,
Minos, il n'est plus tems de flater ma douleur:
Je vous ai trop aimé; notre ardeur mutuelle
A fait mon crime & mon malheur.

MINOS.

Quel crime? quel malheur! quoi! cet amour si tendre
Qui devoit.....

SCYLLA.

Ecoutez; vous allez tout apprendre.
Non, Minos, ce n'eſt point ton courage indompté
Qui fait qu'en ta faveur la Gloire ſe déclare;
Mon Pere auroit vaincu ſans mon amour barbare:
Les Dieux à ſon Chef redouté
Attacherent ſon ſort & le bien de Megare;
Au ſeul nom de combat j'ai tremblé pour tes jours,
Je n'ai plus écouté que mon ardeur funeſte....
Au trouble où je te voi, tu devines le reſte...
Voilà ce qu'ont produit mes perfides amours.
Ah! mourons; c'eſt trop voir le Ciel qui me deteſte.

MINOS.

Qu'avez-vous fait? quel tranſport furieux...
Mais vivez; c'eſt à moi de ſatisfaire aux Dieux.

SCYLLA.

Le Poiſon va bientôt mettre fin à ma vie,
Déja juſqu'à mon cœur il porte ſon venin;
De l'éternelle nuit il m'ouvre le chemin:
Mais, qu'il me paroît lent au gré de mon envie!
Indigne de joüir de la clarté des Cieux,
Tout me nuit, tout m'eſt odieux;
Mon crime à mes regards ſans ceſſe ſe preſente:
Je vois mille abîmes ouverts,

Du

Du malheureux Nisus, je vois l'Ombre sanglante ;
Je l'entends du fond des Enfers :
Il me menace, il m'épouvante.

MINOS.

O Ciel !

SCYLLA.

Mânes sacrez, je meurs pour vous vanger ;
Appaisez-vous par ce prompt sacrifice.
Après mon crime affreux je ne devois songer
Qu'à vous faire en mourant une prompte justice ;
Mânes sacrez, je meurs pour vous vanger.

DORIS.

Elle expire.

MINOS.

Grands Dieux trop soigneux de ma gloire,
Que vous me vendez cher une triste Victoire !

Fin du cinquiéme & dernier Acte.

PRIVILEGE DU ROY.

LOUIS par la grace de Dieu Roi de France & de Navarre : A nos amés & feaux Conseillers les gens tenans nos Cours de Parlement, Maîtres des Requêtes ordinaires de notre Hôtel, Grand Conseil, Prevôt de Paris, Baillifs, Senechaux, leurs Lieutenans Civils, & autres nos Justiciers qu'il appartiendra, Salut. Les Sieurs Besnier Avocat en Parlement, Chomat, Duchesne, & de la Val de S. Pont, Bourgeois de notre bonne Ville de Paris, Nous ont fait remontrer qu'en consequence de l'Arrêt de notre Conseil du 12 Decembre 1712 du Traité fait entre eux & les Sieurs de Francine & Dumont le 24 desd. mois & an, & de nos Lettres Patentes du 8 Janvier ensuivant, confirmatives du Traité, ils autoient acquis le Privilege de faire representer les Opera durant le tems de vingt années, à compter du 20 Août 1712, ainsi que le Privilege de la vente des paroles desd. Opera, lesquelles ils desireroient faire imprimer pour les donner au Public, s'il Nous plaisoit leur accorder nos Lettres de Privilege sur ce necessaires. A ces causes desirant favorablement traiter les Exposans, attendu les charges dont l'Académie Royale de Musique se trouve obérée & les grandes dépenses qu'il convient de faire, tant pour l'impression, que pour la gravure en taille-douce des planches dont ce Livre sera orné, Nous leur avons permis & permettons par ces Presentes de faire imprimer & graver les Paroles & la Musique de tous lesd. Opera qui ont été, ou qui seront representées par l'Académie Royale de Musique, tant separément, que conjointement, en telle forme, marge, caractere, nombre de volumes, & de fois que bon leur semblera, & de les faire vendre & débiter par tout notre Royaume pendant le tems de dix-neuf années consecutives, à compter du jour de la datte desdites Presentes. Faisons défenses à toutes personnes de quelque qualité & condition qu'elles puissent, être d'en introduire d'impression étrangere dans aucun lieu de notre obéissance, & à tous Imprimeurs, Libraires, Graveurs, & autres, d'imprimer, faire imprimer, vendre, faire vendre, débiter, ni contrefaire lesdites impressions, planches & figures, en tout ni en partie, sans la permission expresse & par écrit desd. Sieurs Exposans, ou de ceux qui auront droit d'eux, à peine de confiscation des exemplaires contrefaits, de six mille livres d'amende contre chacun des contrevenans, dont un tiers à Nous, un tiers à l'Hôtel-Dieu de Paris, l'autre tiers ausdits sieurs Exposans, & de tous dépens, dommages & interêts, à la charge que ces Presentes seront enregistrées tout au long sur le Registre de la Communauté des Imprimeurs & Libraires de Paris, & ce dans trois mois de la datte d'icelles ; que la gravûre & impression desdits Opera sera faite dans notre Royaume, & non ailleurs, en bon papier & en beaux caracteres, conformément aux Reglemens de la Librairie ; & qu'avant de les exposer en vente, il en sera mis deux Exemplaires dans notre Bibliotheque publique, un dans celle de notre Château du Louvre, & l'autre dans celle de notre trés-cher & feal Chevalier Chancelier de France le Sieur Phelypeaux Comte de Pontchartrain, Commandeur de nos Ordres, le tout à peine de nullité des Presentes. Du contenu desquelles vous mandons & enjoignons de faire joüir lesdits Sieurs Exposans, ou leurs ayans cause, pleinement & paisiblement, sans souffrir qu'il leur soit fait aucun trouble ou empêchement. Voulons que la copie desdites Presentes, qui sera imprimée au commencement ou à la fin desd. Opera, soit tenuë pour dûëment signifiée, & qu'aux copies collationnées par l'un de nos amés & feaux Conseillers & Secretaires foi soit ajoûtée comme à l'Original. Commandons au premier notre Huissier ou Sergent de faire pour l'execution d'icelles tous actes requis & necessaires, sans demander autre permission, & nonobstant Clameur de Haro, Charte Normande, & Lettres à ce contraires : Car tel est notre plaisir. Donné à Versailles le 20 jour d'Août l'an de Grace 1713, & de notre Regne le soixante-onziéme. Par le Roi en son Conseil. Signé, Besnier, avec paraphe, & scellé.

Nous avons cedé à M. Ribou le present Privilege, suivant le Traité fait avec lui le 27 Juillet dernier 1713. A Paris le 22 Août 1713. Signé, Besnier.

Registré sur le Registre avec la Cession n. 3. de la Communauté des Libraires & Imprimeurs de Paris, page 648. n. 731. conformément aux Reglemens, & notamment à l'Arrêt du 3 Août 1703. Fait à Paris ce 11 Septembre 1713. L. Josse, Syndic.